푸른 강을 같이 건너

박금란 시집

새로운 세상의 숲
신세림출판사

자서

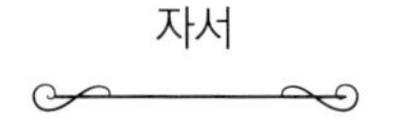

시집을 내며

뜨거운 8월 붉은 태양을 흠뻑 마신 탱글탱글한 나뭇잎이 깊은 사색에 잠겨 있습니다.
푸른 나무 위에서 정겨운 까치가 까악까악 말을 하고 있습니다.
무슨 말을 하고 있나, 귀를 기울여 봅니다.
'너희는 아직도 민족통일을 못 하고 있나. 외세인 미국 때문이지. 남녘 북녘 힘을 합쳐 미국놈 몰아내면 간단한 것을……'
더디 가는 인간사에 비하면 까치의 말은 꽤나 선진적입니다.
시인은 누구보다 말과 행동의 일치성으로 소통의 세상을 펼쳐나가면서 민족통일에 기여해야 한다고 봅니다.

문학은 인간학이라고 합니다.
인간문제, 사회문제, 민족문제에 몸을 첨벙 담그고, 진실의 말들을 도구로 삼아, 역사가 제대로 가게 역할을 해야겠지요.
늘 8월의 열정으로 뜨겁게 통일을 위해 일하면서, 일당 백의 정신으로 살아가고 싶습니다.
이 소망을 여러분과 함께 하고 싶습니다.
고맙습니다.

박금란 드림

차 례

차 례

그리운 평화의 통일동산

간밤에 번개가 번쩍번쩍 천둥이 꽝꽈르릉꽝
이 땅의 죄를 향해 벌 내리 듯 때리는
빛과 소리가 분노의 비를 뿌렸다
아침에 해가 뜨자 맑게 씻기운 나뭇잎들이
반짝반짝 빛나고 살가운 바람결에
새들이 우짖는 소리가 낭랑하다
평화는 이렇게 오는 것이다

세계지배와 패권을 위해
남의 나라를 침략하고 전쟁을 일으켜
숱한 생명을 죽이고 난민을 만들어 온
평화의 파괴자 미국

정작 생명과 평화의 파괴자 미제에 대해서는
눈감아 주는 비정한 비평화
미제의 지배가 도사리고 있는 곳에는
평화의 유리잔이 깨지고

미제기 벌인 전쟁의 원인과 과정과
결과를 따지지 않고 벌하려고 하지 않는
평화의 모자만 쓴 외피는
안개 끼인 선창가에 출항하지 못하고

매어있는 배

생명과 평화를 말하려거든
미제의 침략사를 말해야 한다

겉은 멀쩡하게 보이는데
속은 몽땅 썩은 사과알을
인류에게 강제로 먹이는 파괴자
전쟁범죄 미제의 무기의 그늘
말끔히 걷어낸 평화의 세상

참개구리 뛲뛰기하는 평화의 동산은
황소개구리 포식의 지배를 끝장낸
금수강산 평화로 일렁이는 민족의 통일동산

미제가 싹 쓸려간 우리자리에
억울한 목숨들이 되살아나고
세계의 평화가 깃들어 오는
평화의 통일동산 그립다

일본 원전 핵폐수 방류는 침략행위

후쿠시마 원전 핵폐수 방류는
바다에 대한 침략이다
인류에 대한 침략이다
더욱 한반도에 대한 직접 침략이다

산해진미라 했거늘
바다의 생명 몽땅 오염시켜
먹을 수 없게 만드는 야만의 짓거리
소금도 먹을 수 없고
밥상 위에 오르던 김도 먹을 수 없고
미역국도 먹을 수 없고
멸치볶음도 먹을 수 없고
고등어조림도 먹을 수 없고
우리 사위 좋아하는 생선회도 먹을 수 없고
여름에 해수욕도 할 수 없다

어부들은 어떻게 먹고 살 것이며
수산업으로 먹고 사는 사람들은
어떻게 할 것인가
김, 미역 양식장은 모조리 망할 것

세슘 덩어리 방사능 원전수가

안전하다고 사기 치는 일본 것들
저런 망할 것들이 있나
원전 핵폐수 방류에 입도 뻥긋 안하며
핵폐수 방류해도 좋다고 묵인하는
일본에 환장한 윤석열
어느 나라 대통령인가
후쿠시마 원전 핵폐수
너나 배달해 먹고 뒈져라
기시다 너나 먹고 뒈져라

바다를 살려야 인류가 산다
동해 서해 남해 바다를
죽음의 바다로 만드는
일본의 원전 핵폐수 방류는
한반도에 대한 침략행위다
양심도 없는 너희들의 인류에 대한 폭행
당장 멈추라
원전 핵폐수 방류는 절대로 안 된다

새가 난다

고물가로 장보기가 무서워
두부 한모 사오는
빈 장바구니가
새의 눈에 찍힌다

고금리로 탈탈 털린 빈 지갑
쪼들리는 생활에 지쳐
하얀 눈에 주저앉아 쉬는 한숨을
새의 귀가 찍는다

정치탄압에 압수수색 당하는 집
어린 아이 울음소리
새의 고성능 필름에 감긴다

내 아버지 내 어머니
이태원 참사로 저 하늘로 간 내 누이
잘근 잘근 밟아대는
윤석열과 국힘당을 위해
총을 들어야하나
싸늘히 식은 어지러운 초병의 마음
새의 깃털이 품는다

황무지 같은 벌판에
하얀 눈이 내려
고행의 길을 가는 발자국들이
찍힌다

드르륵들들 망하는 소리

드르륵들들 파주에서의 탱크소리
한미연합북침전쟁훈련이
침략전쟁이다
이 땅을 갈아대는 소리
윤석열 바이든이 북침전쟁 하는 소리
민족의 항거에 망하는 소리 드르륵들들

우리민족의 산맥은 뿌리가 깊다
우리민족의 바다 심지에는 불 뿜는 고래가 있다
우리민족의 하늘에는 불타는 태양이 있다
우리민족의 땅에는 서슬 퍼런 민중이 있다

등어리에 식은땀 줄줄 흘리며 하는
한미북침전쟁훈련
모가지가 달아날 악몽에 떠는 미군병사
손가락 떨림에 헛총질 하고
돈에 팔려온 용병으로
미제국이 이길 수 있겠는가
전쟁 좋아하다 망할 운명이
미제국의 필연적 운명이다
펜타곤이 날아갈 한 치 앞도 못보고
이 땅에서 벌리는 한미북침전쟁훈련

미제가 망하는 사면초가 함정이다
드르륵들들 망하는 소리

윤석열 바이든 날리는 소리
통일된 나라의 진정한 평화를 바라는
민중의 높뛰는 심장 소리
슛슛 골인골인 와아와아
민중의 승리 막을 길 없다
우리민족의 승리 막을 길 없다
미제여

토끼해에

토끼처럼 순하고 애성이 많았습니다
풀을 뜯는 누렁소가 좋았고
올챙이도 너무 귀여웠습니다

서로 질투하는 친구들을 보고
이상 했습니다
왜 시기를 하나
안타까웠습니다

욕망덩어리 사람들이 있었습니다
자기 안에 갇힌 장님이었습니다
아무리 똑똑하면 뭐 합니까
세상을 삭막하게 했습니다

힘으로 사람들을 괴롭히는
작자를 보았습니다
참을 수가 없었습니다

투쟁이 뭔지 알았습니다

그 길이 얼마나 험한 길인지
처음에는 몰랐습니다

험한 길에 참 행복이 있다는 걸
알았습니다
참으로 뿌듯 했습니다

세상 무서울 게 없습니다

통일의 길에서 만난 사람들

험한 길 즐겁게 가라고
꾀꼬리 노래도 있습니다
속속이 젖어드는 소중한 사람들
통일의 길이 아니었다면
이런 사람의 소중함
얼마큼 알게 되었을까
얼마나 만나게 되었을까
가는 길 옳은 길이니
가슴 저미는 좋은 사람들
여기서도 저기서도 쑥쑥 톡톡
이 고마움 어찌 할까요
통일의 길에 나서면
푸른 가을하늘 같은 사람
산처럼 우뚝 푸른 숲을 키운 사람
어려움을 헤치면서도
샘물같이 맑은 사람
가득 가득 풍년이 들어요
통일의 길이 아니었다면
이 소중한 사람들
설레이는 고마움으로
배우고 익히고 열매 맺는
주렁주렁 빨갛게 익은 가을 사과나무 같은

누런 가을 들판 같은
시가 노래가 춤사위가 가득한
풍성한 사람의 만남이
이토록 가슴 떨리게 고마울까요
조국이여 고맙습니다
통일의 길은
무수한 난관을 넘어
행복 넘치는 사람의
빛보라가 세상에 가득 넘치게 하는
정말 귀하고 고운 사람들 세상입니다
통일의 길이여
참으로 고맙습니다

통장잔고 0원

푸른 멍이든 사람들
쫓기며 몰리며 막다른 골목

가마떼기 하나로 문이 되었던
아버지 적 시절은
어판장 오징어 실린
리어카 몰며
한 됫박 보리쌀과
스무마리 꽁치를 1원에 사오는
낭만이라도 있었지

빌딩이 즐비하고
아파트가 넘쳐나도
나에게 주어진 건 월셋방 한 칸
보증금도 까먹고
갈빗대 금이 가서
배달일도 못 하고
빈 천장에는 먹먹한 절망이
낙숫물로 뚝뚝
내 눈물 떨어지누나

1740원 마지막 잔고를 털어

신라면 하나 사온 게 엊그제
쪼르륵 빈 배속 같이
텅빈 통장잔고 0원

폭풍전야

레이건호
한방 맞고 싶어 왔나
미제의 본토가 불타고 싶나
세계 최고의 질 좋은 핵무기를 가지고 있는
조선이다
형세도 모르고 옛적처럼
껄적대지 말라
한미연합훈련은 너희의 무덤
한미전쟁연습은 너희의 파멸
깨끗이 손 떼고 물러가라
한방 맞기 전에 꺼져라
허세가 너희의 운명을
스스로 작살낼 것이니
운명을 재촉하지 말라
섶을 지고 불 속으로 뛰어 드누나

푸른 강을 같이 건너

깃털같이 따스한 사람이
냉동고에서 얼어버린 생선처럼 굳어버린
사람의 심장을 녹인다

자기 것 모르는 욕심 없는 사람이
욕망으로 눈멀어 장님이 된 사람
눈을 뜨게 한다

인내로 단련된 기다릴 줄 아는 사람이
종적 없이 떠나간 사람을
돌아오게 만든다

냉소로 일그러져 삐뚤어진 마음을
목화송이로 감싸는 사랑의 사람이
사람의 소중함 알게 한다

푸른 강은 같이 건너는 것
그 너머 자유의 세상은 함께 가는 것

한때 시대를 해방시키고
자신을 해방시키지 못한 불우와
자신만 해방시키고

시대를 해방시키지 못하는 단절과

불우와 단절이 아닌
지혜와 열정과 용기와 믿음과 만남으로
푸른 강은 같이 건너는 것

그 건너 그 곳에는
가이 없는 사랑이
우리를 애타게 기다리고 있다

노동의 기관차

-이음나눔유니온 창립대회를 축하하며

겨울나무는 열정으로
추위를 녹인다
뿌리가 있기 때문이다

혼자만으로는 열정이 배가될 수 없기에
우리는 우리가 되었다
뿌리가 되었다

자신만을 살찌게 하기 위하여
가자미눈으로 뒤집혀 돌아치는
착취의 손아귀로 인하여

평생을 일했음에도
거적데기 한 장 쓰고
외로움에 못이 박혀
한 노인네가 오늘 아침
약을 먹고 자살을 했다

우리는 좀 더 많은
우리를 만들지 못했기 때문이다

정의와 진실을 향해 내달려온 우리들

우리는 아직 할 일이 많다

미국이 아직도 우리의 정치를 휘젓고
그 꼭둑각시가
화물연대 파업을 벼랑 끝 몰이를 하고
우리는 싸워 이겨야 한다

50억을 해 처먹은 곽상도는
벌을 받지 않고
배고파서 삶은 계란 세 개 훔친
대한민국 장발장은 징역을 산다

핏기 없는 엄혹한 현실 앞에
피가 끓는 젊음으로
우리는 만나야 한다
삶을 바꾸는 만년일꾼으로
살아야 한다

초생달 날을 세워 일했다면
보름달 철철 넘치는 빛으로
어두운 세상 밝혀야 한다

우리는 노동의 나무
뿌리이기 때문이다

무수한 사람들이

노동의 주인이 된다는 건
세상을 바꾸는 가장 강력한 무기이며
하늘의 보검이다

이음나눔유니온이여
기름진 땅 속 뿌리
튼실한 나무기둥으로
가지를 힘차게 뻗쳐
하늘의 보검을 잡아라

지혜와 힘 뚝심을 가득 실은
우애와 친목으로 다져진
노동의 기관차
항상 청년으로 달려라

노동의 은하수

-이음나눔유니온 준비위 발족을 축하하며

푸르른 8월의 숲 생명의 맥박 높뛰는
열정이 휘감아 흐르는
우리는 청년이란다

삶의 강물 유유히 흘러 물 소용돌이도 쳐보고
바다에 이르러 돌고래 잔등에도 올라타
미끄러져 보기도 하고
생명의 억센 힘 바위와도 부딪혀
물 무지개 빛나는 물보라도 되어보고
느낀 것 많아라 배운 것 많아라
미래를 잉태함에 도전의 삶 헤쳐
흐르는 땀방울에 숙성된 노동의 가치
환호로 동지를 껴안고 펄펄 뛰었스라

시계의 초바늘로 세월을 부지런히 톱아
물씬 철이 들어 세상을 굽어보기도 하며
동서남북 전투의 현장을 손금 보듯 하는
용기와 지략의 명장이 되기도 했어라

주저앉지 않는다 무릎 꿇지 않는다
억척의 힘 계속 돌진하는
역사의 수레바퀴 운전대를 결코 놓지 않는다

우리는 알았다
동지를 아끼고 품에 안는 뜨거운 품이
역사를 전진시켜 왔다는 것을
억척 만장 휘날려온 힘이
세상을 바꾸어 나간다는 것을

실천으로 단련된 탄탄한 근육질의 삶으로
우리는 후대들이 가슴 펴고 걸어갈
감동의 길을
열어주고 닦아주기 위해
있는 힘을 다 짜내어 마지막 한 방울까지
노동의 역사에 바치련다

모였다 뭉쳤다 해낸다
흰 머리칼 날려도 이것이 진정
청년의 삶이라
역사의 지렛대 결정적으로 들어올려
착취의 손아귀 지옥으로 밀어 넣는
우리의 노동 승리의 길을 향해
노동으로 인류가 완승하는 길로 끝까지 간다는 것
이보다 더 고귀하고 아름다운 삶이
어디 있으랴

동지와 함께라면
우리의 열정이 태양 닮아 뜨겁다면
바로 노동은 세상을 비추는 승리의 빛

얼쑤 얼쑤 바로 노동
승리의 만장 펄럭이는 승리의 노동
우리의 땀 한 방울이
세상을 바꾸는 민중의 바다

이음나눔유니온이여
노동의 은하수 다리가 되거라

당산나무 울음소리

수백 년 굽어본 당산나무는 안다
비밀을 안다 이 땅의
누가 못된 짓을 해서
이 나라를 팔아먹었는지
민중의 피울음 우는 개구리 소리가
논배미를 울리고
초등학교 2학년 괄시받은 아이가
우리도 집을 갖고 싶어요
식당일에 골병들어 일 못하는
엄마 속을 울리고
건설용역 일을 새벽같이 나갔다가
허탕치고 되돌아온 아버지의 처진 어깨에
삯월세 방값 독촉장이 내려앉고
빨치산 아버지의 빛바랜 사진을 들여다보며
아버지가 못 이룬 세상
차마 당신을 원망할 순 없어요
꺼이꺼이 속울음에
당산나무 까치가 울고
20인치 낡은 티비에서
등쳐먹은 것들이 등쳐먹는 소리로
떵떵거리고
세상이 뒤집어지지 않고는

이 세상을 어쩔꼬
당산나무는 쇠똥네 개똥네
설움 터진 고생을 받아먹고
쇠울음소리를 낸다
차라리 전쟁이나 나라
세상이 개벽할 전쟁이나 나라
선제타격 뇌까리며
나토정상회의 불바다에 뛰어든 놈도
전쟁을 걸쳐 입은 판인데
피 흘리지 않고 정의의 세상 만들 수 있으리
쏴쏴쏴쏴 당산나무 고뇌의 쇠울음소리
마을을 흔들어 깨운다

단풍의 꽃편지

겨울 매서운 추위 이긴 몸에서
연두초록 새싹으로 태어났지
햇빛 먹고 바람 먹고 비 먹고
쑥쑥 자라서
초록노래 한 목소리로 불렀어
배암도 우리 그늘에서 오후를 즐겼고
외세의 강한 태풍에
우리 몸 지키느라 진땀 흘려 싸웠어
가을 한 자리 떠나기 전
우리는 색으로 종자를 분명히 그렸지
단풍나무 은행나무 갈참나무……
벌레 먹은 다친 이파리
더 당당한 색으로 말하지
외세를 이긴 뼈가 있는 색
그래서 우리를 곱다고 하는 거야

외세에 휘둘리는
태극기 부대 사람들에게
종자를 지키는
저 단풍 같은 고운 꽃편지를
쓸 수 있다면

빚투성이

장마로 능성이 흙이
밭에 투성이로 내려 앉아
비 맞으며 삽으로 치우는데
빚 걱정에 빚 걱정에
온몸이 젖었는데
만기로 돌아온 대출 빚이
내 몸을 구렁이 되어 칭칭 감아
징그럽고 숨을 쉴 수 없네
손 벌릴 데도 없는 막막함으로
앞이 캄캄해지고
머리카락 빚바람에 쫓겨
빚물이 줄줄줄
빚구렁이 내 몸을 풀어주지 않네
빚 독촉에 이대로 죽어가나
재벌들 어마어마하게 쟁기어 논 돈 압류하여
국민들 빚 갚아주면 안 되나
삼천만이 빚구렁이에 칭칭 감겨
숨 넘어 가네

별빛노래

별빛노래 찰랑이는 시냇가에서
때 묻지 않은 소중한 사람들
떠올립니다
나에게 힘을 주는 고마운 사람들
검은 멱이 감돌아 사람들을 괴롭히는
자본주의 사회에서
기적같이 맑은 사람들이 있다는 게
눈물겹도록 고맙습니다
돼지처럼 멱따는 죽음의 비명이 끊이지 않고
송곳으로 찔러대는 자본주의 비정에
슬프고 아픈 일이 쌓이고 쌓여 부정의 퇴적층이
인간의 감옥을 지어대지만
인간이란 정말 위대한가 봅니다
끊임없이 감옥을 때려 부수는
위대한 노동
누가 이기나 노동이 이깁니다
슬픔 저미고 아픔으로 살을 깍인
인간이 이깁니다
찰랑찰랑 별빛 머금은 시냇물 소리는
병든 도시에 잠겨 하마트면 잃을 뻔한
우리의 영혼을 달래주며 다독입니다
어릴 적 시냇물소리에 우리 손발을 담그고

태초 맑은 사람으로 돌아가야 합니다
자본주의를 이기는 솔바람소리가
귓가에 울려 퍼집니다
멍들고 채이고 얻어맞은 상처가
신비하게 나을 것입니다
우리가 바로 별빛이고 시냇물이고
역사를 지키는 소나무이기 때문입니다
자연의 생명의 숨소리를 나눴던
우리들의 동심이
젖줄처럼 도회지를 흘러
맑은 종소리 같은 사상을 사랑에 녹여
스며들게 해야 합니다
대중이 없는 혁명이 있겠습니까
슬픔과 아픔을 같이 호호 불어줄 때
상처를 아물리는 힘으로
우리 모두 어깨 걸고 앞으로 나아갑니다
자본주의 이명이 사라지고
별빛노래 가득한 세상이 손에 잡힙니다

삼성 정우형 노동운동가 명복을 빌면서

온몸 가시에 찔려 피 흘리는
삼성노동자 해고의 늪
냉동고에서 싸늘히 굳은 시체
삼성전자서비스센터 해고노동자
정우형동지가 해고7년 복직투쟁 끝에
우리에게 죽음으로 마지막 말을 남기고
2022년 5월12일 자결하였다
삼성 이재용에게 부친 편지가
싸늘히 수취거절로 돌아오고
더 무엇으로 싸울까
죽음으로 싸운 정우형동지

푸른 하늘 푸른 들 푸른 권리
인간답게 살고 싶어 싸운
노동자의 권리를
잔혹한 노조파괴공작
죽음으로 짓이기는 삼성재벌 이재용
검은 보자기 휘날리는 죽음의 계곡에
노동자를 밀어 넣는 무노조경영의 죄값
복직을 요구하는 노동자를 죽이고도
멀쩡하더냐
이재용 너의 안방이 억울하게 죽은

귀신으로 가득하리니
이재용의 돌날 실타래뭉치가
너의 목을 조를 것이니
너의 죄 값은 네가 받는다

2013년 삼성전자서비스센터
민주노조 건설투쟁 때
최종범 염호석 열사를 죽이고
정주형동지를 죽인 살인의 값
자본주의사회 노동자에겐
민주노조가 생명이다
노동자의 생명을 포악하고 교활한 탄압으로
죽음으로 내모는
너의 권력이 하늘까지 닿았다고
노동자를 갈아 처먹는 너의 아가리부터
갈갈이 찢겨질 날 멀지 않았다

지금이라도 한 방울 양심의 눈물이 있다면
악명 높은 무노조경영 손 떼고
고통의 나날 힘겹게 이겨내며 투쟁하는
삼성해고자들을 복직시키라

정우형동지
우리 함께 열렬히 싸우리니
노동해방 꽃무지 들어올려
힘차게 뿌리며 가옵소서

노동자의 기개가 살아야
세상을 살리는 생명
노동이 꽃 핀다

가시밭길

허허러운 고독에 젖어
헤매지 말라
고독도 사치이거늘
이 땅 식민지 나라에
산다는 것은
우리가 어떠해야
미제를 물리칠 수 있다는
일념을 놓치지 말라
먼저 자신을 칼질할 줄 알아야
만남이 성사되거늘
그래서 가시밭길 아니겠느냐
한 사람들의 인생이 모아져야
교활한 적을 물리칠 수 있는 힘이
거센 파도처럼
적을 때려눕힐 수 있는
모두가 승리자가 되는
통일의 길을 간다는 것은
결코 쉬운 일이 아니지만
어찌 제국주의 괴물을 앞에 놓고 싸우면서
지는 낙엽에 세월 저문다고
홀로 세월을 할퀴겠느냐
먼저 자신을 만나면

우리를 찾는 법
조국을 찾는 법은 나온다
이 길에는 무수한 고난이
넘어야할 산이
인간이 팔아 먹힌 자본주의 냉혹함이
우리 앞을 막아서지만
우리는 이 길을 갈고 닦아
새길을 내는 각오를 단단히 하고
한 몸 던져 불구덩이에 뛰어들어
동지를 얻어야만
통일의 길 새길을 낼 수 있지 않겠나
침묵의 외로운 터널을 뚫고 나와
싸워라

검은 소나무

탄가루 덮어쓴 사북 검은 소나무
지하 1100미터 갱도에서
뽑어 올린 80년 4월 노동의 섬광
비상계엄령 쪼가리를 파쇄 시킨 사북노동투쟁은
80년대 노동운동에 불을 지핀 신새벽의 신호탄
이원갑 신경 최돈혁 진복규 조행웅 이학천 안원순
박윤상 조재홍 고세열 신수복 오항규 이창식 용천수
김해용 박근식 권영옥 김인옥 신철수 구정우 김찬연
이철재 이정규 김용대 황보광 이상진 김몽진 등 수천명

'혁명을 하려면 피를 흘려야 한다'
이원갑의 지휘에 맹렬한 불꽃들
검은 도시가 활활 불타 올랐다
석탄 한 삽 캐기 위해 목숨을 거는
콧속 귓속 눈속 폐속 탄가루 쌓이고
땀과 탄가루 범벅이 된 석탄사람
노동의 가치가 땅속으로 떨어져
랜턴 불빛으로 가물거리구나

노동자가 없으면 하루도 못사는 세상
아직도 노동자를 밟아대는 윤석열정권
거짓술수와 모사꾼으로

국민을 속이고 억압하는 것들
폐갱도에 처박아 폐기시켜
매장해야 할 것들
사북항쟁이 용서 못할
사북항쟁 삽에 찍힐 정치모리배야

검은 소나무 빛나는 몸을 보라

고운 마음

그대 속에는
고운 마음이 있습니다
일깨우세요
평안한 세상이 있습니다
찾으세요
자본주의는 우리의 부정적인 면을
튀어나오게 하는 괴물이지요
우리는 결코 욕심덩어리 사람이
아닙니다
그래서 얼마나 힘들었나요
순박하고 착한 사람의 옆구리를 칼로 찔러
목숨까지도 빼앗아가는
자살률 1위 나라에서
얼마나 힘에 부쳤나요
얼마나 살벌 했나요
돈의 노예가 되어 이리저리 헤매게 하는
혼돈의 감옥에서
탈출해야 합니다
얼마나 힘들었나요
자본주의 독을 풀어내야 합니다
그래야 평화가 옵니다

국방부 지하벙커

전쟁 미치광이 미제국주의 대빵 꼬리를
전쟁 미치광이 쫄개가 쫄랑쫄랑
500년 제국주의 죽음의 골짜기를 들어서니

국민은 다 죽어도 제 목숨은 보존해야
쫄개가 겁에 질려 살살 꼬리치니
국방부 지하벙커에서 일해
청와대보다는 나을 걸
혈세야 얼마 들든 그게 낫겠죠
일제 자위대 미제의 펜타곤
그 품이 운명처럼 좋아
전쟁이 좋아
학살이 좋아
굿을 하다 흡혈귀가 씌웠나봐
국민은 속이면 넘어가는 것들이거든

전쟁 좋아하다 죽을 것들
500년 제국주의 죽음의 골짜구니에
깊이 빠졌네
길을 잃었네
길이 없네
가장 먼저 죽을 것이

나는 대리기사

맵찬 추위에 바들바들 떠는
헐벗은 겨울나무 되어
코로나로 손님이 뜨지 않는
차가운 핸드폰 들여다보며
밤거리 헤매기를 2시간 30분

막막한 절망 끝에
이 길로 죽고 싶다는 생각이
날카로운 얼음조각 뇌에 박히는
섬찟함에 놀라
축 처진 고개 들어 하늘 보니
아랫목 같은 둥근달 빛보라에
아내 얼굴 두 딸내미 얼굴
여보 아빠 애달피 부르고 있네

고2 작은 딸 학원비 없어
그만두게 할 때
면목 없어 숙인 고개
축 처진 아빠어깨 감싸 안으며
아빠 괜찮아 힘내
까짓 학원 안 다녀도 돼
아빠 사랑해 공부 열심히 할게

따끈한 오뎅국물처럼
속을 덥혀 주는 작은 딸 목소리

살아야지 살아야지
작은 딸 시집갈 때까지는 살아야지
폐기종으로 성치 않은 몸
차가운 밤공기로 쿨럭거리는
기침뭉치에 죽음을 뱉어낸다
코로나19 동아줄에 매인 몸
풀어낸다 가족사랑으로

국민의힘 곽상도 아들
2년반 근무에 50억 부정퇴직금
열차의자에 구두를 신은 채 쭉 다리를 뻗은
윤석열같은 놈이 설치는 대선판
언론이나 방송은 편파적이고
코로나 보다 더 독한 균들이 판치는
이런 세상이 진짜 절망덩어리
정말 짜증나네

목 메이는 착한 우리가족
대선이 잘되어야 하는데
달빛 탈출구 막히지 말아야 하는데
겨울나무 봄이면 움트듯이
민중이 잘 사는 통일세상 빨리 왔으면

낙엽들의 결단

한 몸 다 태워 열정의 생을 다하고
거름으로 돌아가는 낙엽들
순수를 걸러 걸러
맑은 빛 향기 맺혀
절정을 노래했던 산허리에
차올랐던 무수한 외침들
한미연합침략전쟁연습 화약내
산천을 할퀴고 더럽힐 때
얼마나 온몸으로 부르르 떨었던가

고운 동네 바람 타고
넘돌아온 말
우리의 적은 전쟁이다
적어도 전쟁을 적이라고 말하는
당당한 메아리
산맥을 타고 앉은 평화의 능선
전쟁세력 미제는 넘볼 수 없다

영혼은 자본주의 매연처럼 매캐한
빼앗은 돈으로 처발라
썩은 냄새 진동하는 미제는
평화를 노래하는 나뭇잎들의 적이었다

한생을 고상하게 살고
미련 없이 떠나는
낙엽의 새 생명의 엽서를
읽을 줄도 모르는 문맹의 야만 미제는
전쟁만 좋아라 이리 밀리고
저리 밀리다 제 총에 맞아 뒈지는
필연적 운명 전쟁광 미제를
나뭇잎의 섭리가 먹어치울 것이다

전쟁을 적이라고 보는
평화의 민족에게
무릎 꿇고 말 것이다
나뭇잎은 생명과 평화의 엽서를
한 장 한 장 쓰고
비장하게 생명의 거름으로 간다
다시 태어나러 간다

뒤엉킨 날개

너에게 가 닿지 않았네
안전핀 없는 자본주의 문화
안쓰러워 가슴만 조였네

하루하루 경쟁의 도가니
헤메임들이
쌓인 억압을 풀다가
감당할 수 없는 튕김으로
기타줄이 툭 끊기고
음악이 사라진 곳
음악과 죽음이 뒤엉킨 참사의 현장
블랙홀은 꽃다운 뭇 생명을 삼키고

한명도 죽지 않을 수 있었는데
안전요원 없는 깡통현장
청년의 삶들이 빨려 들어간 위험한 곳
죽을 거 같아요
위험의 알림을 보냈지만
꽐라된 것들에 의해
안전요청 통신조차 함몰되고

저 공중 속으로 날아간 음악의 메아리

전쟁연습 비행기 소리에
마저 빨려들어 가고

뒤엉킨 날개 곱게 펴주마
훨훨 날아 가시라
우리의 귀한 아들 딸들

미국이 띄운 윤석열 배

썩은 정치세력을 보고
저항이 없다면
인생은 죽은 쥐다

봄을 먼저 틔운 홍매화 한 송이도
저항이 맺힌 터짐이니
아름다움은 그리 오는 것이니

우리가 밥 한 끼 먹고
졸고 있을 때
미국은 윤석열을 꽂았다

김건희주가조작 윤석열장모통장잔고위조
윤석열의부산저축은행특혜
곽상도외 7명 50억씩 꿀꺽
김기현의 180배 올라 680억 된 땅투기
지면이 없어 못 쓸 정도로
윤석열 배는 쓰레기 배다

우리는 대한민국 쓰레기 배에서
악취에 시달리고 있다
그대 그래도 아무렇지 않은가

시인은 투쟁의 시를 써야하고
노동자는 못된 세상 뒤엎는 파업을 해야하고
생계 터를 파괴당한 서민은
거리로 쏟아져 나와야 한다

투쟁의 격랑을 세차게 일으켜
윤석열 배를 뒤집어야 한다

윤석열 꼭뚜각시 인형을 조종하는
밧줄은 미국이 쥐고 있다

제국주의 미국의 실체에
저항하지 않는 정치인은
죽은 생쥐다

미국에 속고 지배당하는
악순환의 고리를 끊어내야 한다

그래야 민족의 봄이 온다
그래야 한 삶이 온전히 사는
사람다운 삶을 살 수 있다

지금의 삶은 다 가짜다
우리는 모여야 한다

미제국주의에 의한 국가폭력

미국군사고문의 작전지휘로
여순학살이 진행 되었다
작전명령-움직이는 것은 모두 쏴라-
씨를 말려라
마을을 모두 불태워라
우리는 우리를 손님이라고 반갑게 맞이한
인디안 추장의 살가죽을 벗겨 학살하고
땅을 차지하고 지배한
제국의 역사가 있다
우리가 수립한 대한민국에
그 누구도 대들지 못하게
납작 엎드려 순응하게 만들기 위해
우리의 지배에 거역하는
여순을 본보기로 잔혹하게 전멸시키라

항쟁의 마을들 불태워지고
개돼지도 불타 죽었고
생사람도 불타 숯덩이
'이 사람이오' 손가락으로 가리키는
'손가락 총'이 지목하는 사람을
즉결총살을 했고
인권이 어디 있더냐

일본군 출신 김종원이 군인의 잔인성을 키운다면서
순천초등학교 마당에서 무릎을 꿇리고
시퍼런 일본도로 항쟁자들의 목을 쳐서
생피를 보게 하는 귀축도 치를 떠는
시참을 했다
10월25일까지 6일 동안 죽어간 자만 1만1천131명

연보라 쑥부쟁이 꽃잎 붉은 피에 젖어 줄줄
산천초목도 통곡하다 숨을 멈췄다
식민지였던 아무 죄 없는 이 나라를 갈라놓고
통일하자는 애국백성에게
치가 떨리는 학살
하늘도 무심 하오

군인이 민족의 편에 서지 않으면
얼마나 몽매하고 잔혹한가
폭력의 세상 암흑천지 굴속에 갇혀
검은 명령만 기계적으로 접수하고
학살을 실행한 국가폭력

슬픔과 분노가 싸릿대로 자라
싹싹 외세를 쓸어내는
싸리빗자루 되리니
여순항쟁에서 흘린 피 웅덩이
심장에 고여
산자나 죽은 자나 한이 맺힌 74년

무덤도 없이 구천에 떠도는 여순의 영혼이여
두 눈을 감아도 나타나는 억울한 혼령이여

비가 오면 처마 끝에서
그날의 핏물이 내리고
그날의 감지 못한 두 눈이
나무옹이로 박혀
우리들을 지켜보며
세월 갈수록 선명해지는
산역사의 두 눈들

여순항쟁의 진실은
통일의 마중물이다
통일된 평화의 땅에서
그대들은 살아 돌아오리라

바이든은 항복하라

초조불안으로 진득히 찌든 바이든 너의 얼굴을
거울로 들여다보라
조선의 그 누구는 얼마나 당당한 얼굴인가
비교가 된다
너의 얼굴은 미제국의 얼굴이다

우리민족의 힘으로
미제국이 망하는 방점을 찍을 것이니
윤석열 국힘당 나부랭이 끌고
패잔병의 꼬리를 감춰보겠다고
방한을 하지만
우리민족은 더 이상
당하는 바보가 아니다

미제무기 팔아 처먹으며
줄구장창 우리 국민의 골수를 빼먹었지
한미연합군사훈련하며
같은 민족을 적으로 몰아 부치며
통일을 방해했지
요괴 같은 일본과 팔짱을 끼고
윤석열 허깨비 붙잡고
한미일동맹 해보겠다고

마지막 용을 써보려고 오지만
우리민족이 허락하지 않는다
너희가 더 잘 알 것이다
그것이 택이나 있겠느냐고

윤석열정권이 얼마나 사악한 정권인가를
국민을 속이고 아슬아슬하게 대통령이 되었지만
윤석열을 찍은 자기 손가락을 자르고 싶다고
아우성이다

바이든 너희 뜻대로 되는 것은
없을 것이다
대한민국이 미제의 식민지라는 것을
아는 사람들이 이제는 60%가 넘는다
우리민족은 자주성이 강한 민족이다
너희들의 술수의 머리통이
우리 땅 빙판길에서 미끄러져
뇌진탕을 당할 신세니
항복을 하는 것이
목숨이라도 부지한다는 것을 알아라

북비핵화 받아쓰고 박근혜사면

북비핵화는 윤석열같은 문재인같은
개보다 못한 것들이나
개들이 짖어대는 것이다

창공에 치솟아 인민의 눈총이 모아진
활활 타오르는 용광로에
한반도를 도려내려는 미제놈의 침략의 칼날이
집어삼켜져 형체도 없이 사라지는
조선의 핵은 그런 민족을 지키는
민족의 보검이다
민족을 지키고자
산악을 이루는 흙이 빚어낸 우리들의 살갗이고
민족을 살리고자
땀 흘린 노동이 이루어낸
깊은 강물로 흐르는 생명의 젖줄기다

노동을 빼앗아 생명을 빼앗아
삶은 옥수수처럼 구수하고 수수한
순박한 민족의 등을 발라 처먹고
윤석열같은 놈을 앞세워
빼앗음을 이어가려는 미제여
문재인같은 허수아비를 이용해

북비핵화 박근혜사면
꺼져가는 제국의 불씨를 살려보겠다고
앙탈을 부리는 미제여

식민지 민족의 민중의 피와 땀을
검불같이 거둬 처먹었던 살찐 돼지
미제놈돼지 윤석열돼지 문재인돼지
북비핵화 박근혜사면으로
민중을 속여
민중을 돼지우리에 가두려하지만

가난과 추위와 멸시로 다 빼앗겨
다져진 민중이
분노의 힘으로 돼지우리를 지어
미제놈돼지 윤석열돼지 문재인돼지를
채찍으로 끌끌하게 가둘 것이다

느네끼리 꿀꿀꿀 돼지우리 속에 갇혀
북비핵화 박근혜사면 꿀굴대라

민족의 등골을 빼먹었던
민중의 피값을 토해내게
민중은 혁혁하게 싸울 것이다

사랑

부드러운 봄바람이 살풋이
사랑이 스며들게 속삭인다

날벼락 맞는 자본주의 전쟁터는
우리들에게서 사랑을 빼앗아간다
가뭄에 말라비틀어진 풀포기마냥
우리들을 삭막하게 만든다
메마른 모래사막을 혼자 걸어가게 하는
자본주의 작동 괴물 앞에서
우리는 사랑을 지켜야 한다
단비 같은 사랑을 서로 나눠먹으며
우리는 싸워야 한다

자본주의화된 비본질의 허욕을
깨끗이 버려야 한다
얼마나 두껍게 자본주의가
자신에게 침투되어
성스런 투쟁을 가로막고 있는지
사랑이 고갈된 투쟁은 승리할 수 없다

자신보다 더 동지를 사랑해야하고
그 힘으로 우리는 승리할 수 있는 것이다

투쟁은 부른다
수정같이 맑고 깨끗한 사람을
바다처럼 넓고 깊은 사랑을 나눌 수 있는 동지를
동지를 사랑하는 단결투쟁이
승리의 보루다

새해 태양을 맞으며

온 사람에게 따사함을 주는 봄을 잉태한
겨울이 산고를 겪고 있다
겨울나무가지 끝에 송글송글 맺힌
새 생명의 숨결 속으로
맵찬 송곳바람이
어즈러이 파고든다

진실로 역사를 다져가는 일은
헐치 않은 일
한 그릇의 밥과 국을 위하여
자본주의 채찍에 멍든 등
파스 붙여주는 사람도 없는 외로움에
우울증에 시달리는 무수한 외딴 방

정치는 정치인이나 하는 것
느네는 가짜정치만 알면 돼
가짜기사가 도배를 한
조중동의 조롱의 왜곡과
TV 가짜뉴스가 안방을 지배한지 이미 오래

정치로부터 내동댕이쳐진 무정치의 방
설움에 겨운 겨울 냉방에서

오돌오돌 떠는 마른 가랑잎

곽상도가 꿀꺽 삼킨 돈다발
국힘당 무리가 싹 쓸어간 돈다발
미제에 갖다 바친 돈이 산더미에 산더미

정치가가 정치로 사기를 쳐서
우리가 이리 빼앗겼다는 것을
아는 것이 우리들의 정치다
겨울 산고의 끝에 옥동자를 낳는 일
정치를 잉태하고 낳는 일이다

자본주의가 빼앗기 위해
거미줄처럼 쳐놓은 외딴방에서
뛰쳐나와 한마당으로 모이는 일은
귀찮기도 하겠지만
우리가 사는 일이고
정치적 주체가 되는 일이다

봄을 잉태한 한겨울 한가운데 새해 태양이
간곡히 부르고 있지 않느냐
당신은 정치의 주인이라고
자주통일이 정치의 핵이라고
최고의 정치는
온 사람이 자주의 지름길로 가는 것이라고

속지마라 국민이여

군대도 안 갔다 온 윤석열이
2030대를 몽땅 전쟁의 재물로 바치려는
전쟁광 미치광이 윤석열이
대한민국을 검은 피로 물들이려 하누나

윤석열 욕망과 김건희 부정과
장모의 사기가 똘 뭉쳐
국민을 잡아먹겠다고 대드는데
검사들은 기득권을 지키기 위해
아부의 침묵으로 눈 감고 있구나

대대로 국민의 피와 살을 파먹고
국민 위에 폭력으로 군림한 국힘당이
국민을 속이는 둔갑술로
더러운 속을 감추고 활개 치는 선거판

속지마라 속지마라 국민이여
감언이설에 속지 말고 사기꾼에 속지 말고
국민 등에 칼을 꽂을 국힘당 무리들을
나라의 주인답게 아작을 내야 한다

슬픈 강

전철을 하나 놓치고
다음 전철을 기다리고 있었다
저 만치서 세 사람 일행의
얘기소리가 들렸다
50대 중반쯤 아주머니와
20대쯤 아들과
아주머니 친구 같은 분
셋이서 둘러섰다

50대쯤 아주머니가
20대쯤 아들에게
사람을 믿으면 안돼
사람을 믿으면 안돼
인생공부를 주입시킨다
아들은 아무 말 없고
아주머니 친구도 말이 없고

얼마나 닳았을까
50대 아주머니 얼굴이 궁금해서
쳐다 보았다
꽤나 당당한 얼굴이다
저런 사람이 뉘처럼 섞여 있어서

우리 사회가 흙탕물인가

전철이 온다
사람들은 슬픈 강으로
밀려 타고 있었다

식민의 사슬

강물은 골짜기들 사연 절절히 담아
한 몸으로 뭉쳐 흐르고
싹눈 봉긋이 트는 봄나무는
살 에이는 겨울 이긴 한 목소리 노래로
은별 세상 찰랑이는
철조망 너머 저쪽에는
하나된 찬가로 뭉쳐
땀 흘리는 노동도 하나
나눔도 하나 넘쳐나는 행복도 하나
진실도 하나 자주도 하나

철조망 이쪽 분열된 곳에는
미국이 지배야욕으로 퍼날라 뿌린
오물덩어리 먹고
사람 아닌 소리 꽥꽥 지르며
살아있는 소의 껍질을 잔혹하게 벗기는
굿판을 벌여 대통령이 되게 해달라
빌었던 사람이
칠갑한 거짓으로 대통령이 되었네
부끄러워라 이쪽 세상
어찌할거나 거짓이 지배하는 이쪽 세상

선거는 거짓에 속아 넘어간 사람으로
선거투표지는 회오리 속으로 말려들어
도깨비 뚝딱 사기꾼 대통령 만들고
나라의 운명은 어찌할거나
통일을 방해하는 미국놈 작당은
그래 대한민국이 또 그물에 걸려들었어
무기 팔고 쿼드 가입시키고
목 졸라 끌고 오면 되는 거야
우경과 신나찌 우리들의 그물은
아직 삭지 않았군
대한민국 거머쥐면
조여 오던 숨통이 좀 트이려나
제국주의 바이든의 회심의 미소
그 미소의 끝은 찰라가 되리니

너희 먹잇감이 되지 않으려는
절반의 살아있는 부릅뜬 민중이
너희가 보듯 그리 소소하지 않으리
민족의 운명을 둘러맨 우리가
일당백으로 싸워
식민의 사슬을 너희 면전에 내치리라

여순양심의 세월

엎어지는 세월이었다
피신한 벼랑 끝에서
동백나무 아슬히 끄여잡고 일어설 수 있었다
총부리 겨누고 잡으러 올 것 같아도
달릴 힘도 없었다
초겨울 풀잎처럼 힘이 빠졌다
닷새를 굶어 바위 옆에 그러누워
무심히 흐르는 시냇물 마시며
삶의 끝이 죽음이지만
이대로 죽어갈 수 없었다
하늘이 빙글빙글 돌았다
거대한 거미줄이
사방에서 좁혀오며 포위했다
영덕게딱지만한 독거미가
공격을 개시하려고 한다
저 거미를 죽이지 않으면
탈출하지 못하고 거미독에 죽을 거야
쓰러져 누워있는 몸을
왼힘을 다해 일으키려 한다
잘 되지 않았다
죽을힘을 다해 일어서면서
두 팔을 벌려 거미줄을 잽싸게 접어

독거미를 있는 힘을 다해 밟았다
퍽 진액을 뿜으며 거미가 죽었다

연좌제는 아들 앞을 가리고 노리는
그 대형의 거미줄과 독거미였다
취직자리마다 퇴짜를 맞고 엎어졌다
정강이에 새빨간 피가 흐르는 세월 살면서도
아들은 아버지를 원망하지 않았다
고맙다 아들아 장하다
아들과 아버지는 그러잡고 울었다
아버지처럼 숱하게 엎어지고 다치는
딴 세상을 사는 삶 속에서도
백짓장 양심이 고맙다

여순의 넋

사방이 가시덤불
맨손으로 헤쳐야했다
피가 흐르고
그래도 헤쳐야했다
뒷통수를 총구가 조준하여
뻔히 죽는 걸 알았다

양심은 샘물이었다
가시덤불도 총구도
두렵지 않았다
양심은 용기 양심은 힘 양심은 투쟁
양심은 그 누구도 죽일 수 없는 것이었다
내가 내 양심을 죽이지 않을 수 있다는 것
믿음이었다 해탈이었다 다행이었다

정의가 무엇으로 지켜지는지
목숨 바쳐도 여한이 없는
이것이 바로 사는 것이라고
심장의 맥박소리가
최후의 결단으로 고동쳐 왔다

날개가 달린 나는

가시덤불을 날아 넘었다
조준 당했던 총구가 헛방을 쏘았다
나는 구름 위에 올라탔다

조국을 지키려는 양심
우리는 죽었지만
역사에서는 살고 싶다

여순의 방랑자

벼락 친 세월 켜켜이
호주머니에 넣고
허드렛일로 거친 손바닥
일할 수 있는 손이 붙어 있다는 걸
죽은 생명 앞에 자책도 하면서
숨은 꽃으로 살았다
한 때 세상을 젊은 품으로 품어
잘못된 세상 바꾸려고 일어섰는데
끝없는 주검의 무덤도 없는 길
그때 혼이 나갔다
헛것이 보이는 세상
쫒기고 쫒기는 세월
거기에서 빠져나오고 싶어
흥건히 식은땀 흘린 꿈을 깨고
냉수를 들이켰다
저 언덕에 언제 평화가 들이리
아직도 나를 잡으려고 몰려온다
먹구름 세상 언제 걷히나
나는 아직도 독사가 내 목을 감고
꽃잎이 짓이겨지는 꿈을 꾸다 깬다
허공으로 몸이 튕겨 오르는 아래
아득한 절벽

나는 아무 것도 할 수 없었다
오직 노동으로 묵묵히
바보가 되었다
우리가 했던 일이 옳다는 걸 새기며
호주머니에 넣은 한 세상
만지작거리며
되새김질하는
소가 되었다

여순의 산비둘기와 돌배나무

산비둘기 한 쌍이 구구구구
애간장 끊어지는 소리
돌배나무 피 젖은 눈물 뚝뚝
스며들은 피를 삼켰지

죄 없는 사람들을 죽이러 갈 수 없어
그것도 분단을 막고 통일국가 세우자고
자기 것 돌아보지 않고
민족을 위해 피골이 상접해 싸우는
형형한 눈빛을 향해
어떻게 총을 겨누고 쏘겠어
안 갑니다 못 갑니다
군대의 서릿발 명령이라도
차마 따를 수 없소

여수 신월리 14연대 지창수 하사
창공을 찌르는 외침
너나없이 옳소 옳소
제주도민을 죽이러 갈 수 없소
군인은 나라를 지키는 길이오
나라를 가르는 분단의 총질을 할 수 없소

내 아버지 내 어머니 내 동무
우리의 형과 아우
어찌 같은 혈육을 총질하란 말이오
잘못된 명령이오
억울한 골짜기 바람까지 포복하고 내려와
결단이 되었다
이 목숨 바쳐 참군인의 길을 가리라

돌배나무 그 피를 먹고
어린아이 주먹 만한 돌덩이가 주렁주렁
기형의 세월
통곡의 세월

산비둘기 구구구구
말짱한 가을하늘이 야속하다고
지금도 울어 댄다
평화의 새가 가슴에 못 박혀
긴 세월 운다

여순의 진격

미군 총구멍으로 동토가 된 이 땅에
48년 10월 19일
이슥한 어둠을 타고
초가집 싸리울타리 넘어
어둠에 울적 젖은 산 메아리가 고동쳤다
'애국인민에게 고함
우리들은 조선인민의 아들 노동자 농민이다
우리는 우리의 사명이 국토를 방위하고
인민의 권리와 복리를 위해
생명을 바쳐야 한다는 것을 잘 안다
우리는 제주도 애국인민을 무차별 학살하기 위하여
우리들을 출전시키는 작전에
조선 사람의 아들로서
조선동포를 학살하는 것을 거부하고
조선인민의 복지를 위해 총궐기 하였다
동족상잔 결사반대 미군 즉시철퇴'

일본군 총에
낡은 짚신 질질 끌려왔던 세상
해방이 되었는데
변함없이 왜 이리 돌아가나
밭일하다 주저앉은 두렁에서

생피를 토하는 참새무리가
호미 끝에 앉아
제주 4.3을 도와줘요
파닥거리다 숨을 거둔다
감나무 감이 피로 뭉쳐
툭툭 4.3의 붉은 맹세 떨군다

생목숨이 죽어나가는데
마른번개 치는 난발의 허공을 뒤집고
두 발은 땅을 단단히 딛으려는
악몽의 세상 엎으려는 곡예
죽창 같은 마음 곳 세우고
하루를 살아도 사람같이 싸우자

무명저고리들이 모여들었다
등이 굽은 할머니 곰방대 할아버지 애를 업은 아낙
쇠똥네 개똥네 해방네
힘깨나 쓰는 머슴 장돌뱅이
거리마다 가득
결연으로 서린 얼굴들이
양코배기 총구에 못 살겠다
밀물처럼 밀려오고 있었다

여수인민항쟁의 불길은
10월 20일 3시에 순천을 접수하고
여순의 천리마가 하늘을 가로질러

구례 곡성 남원 골짜기를 진동시켰고
벌교 보성 화순 들판 가로질러
새까맣게 모인 군중들
이글이글 불이 일었다
광양 하동에도 번개처럼 번져
애국으로 뭉친 불길은 순식간에
통일국가수립의 민중의 바다로 요동쳤다

투쟁의 땀에 젖은 민중들은
반드시 이겨야 한다고
서릿발 한을 쓸어내렸다

정의가 푸른 강물 이루어
투쟁의 뜨거운 땀 맛을 보았다
그날의 핏줄기 오늘까지 깊은 강으로 흘러
역사에서 더욱 생생히 살아나
여순항쟁 진군의 별빛 무구하여라

여순항쟁

마실방마다 등잔불에
이글거리는 눈빛들이 타고 있었다
이런 나라꼴을 볼 수 없지요
청산해야할 친일파로 나라 세우고
삼천리는 갈라지고
같은 하늘 아래 숨 나눠 쉬는
우리는 한 몸인데
통일은 우리의 밥이고 공기인데
무지렁이 우리는 압니다
아니 우리가 더 잘 압니다
쟁기질에 호미질에 곡괭이에 쇠스랑 긁어도
통일이 걸려 나옵니다

제주는 싸운다지요
달빛 별빛도 대나무 숲을 서걱이며
항전의 마음 갈고 있어요
제주도 파병반대 병사위원회가
들고 일어났어요
제주도 애국인민들을 죽이러 갈 수 없다고
이 지경으로 만든 미국은
쏘련을 본 받아 즉시 철퇴하라니
묵은 체증이 시원하게 내려가네요

무명저고리 골골마다 달려 나왔다
10월 푸른 하늘 아래
해방의 만장이 펄럭였다
의분의 메아리 골짜기를 콸콸
마을 어귀 장터를 휘돌아
방점을 찍은
여순은 해방이었다

오월 영령들 앞에서

어둠을 눅잦히고 새벽이 옵니다
송골지며 피어났던 그대들의 순수가
전두환 괴뢰의 총탄에 맞서
한 목숨 기꺼이 역사의 전진에
핏빛 무지개 아롱이며
던졌습니다

그대들이 내뿜은 혁명의 증기의 힘은
그 귀한 목숨 값으로
우리들을 불러 일으켜
역사의 기관차에 몸을 싣게
하였습니다

미국을 등에 업은 전두환 같은
술 취한 도깨비
민중에게 총질을 해대는 악마의 얼굴
웃음 짓는 가면 쓴 윤석열을
방송이 크게 띄웁니다
어찌 전두환 때와 똑같은
언론 방송을 보면
우리들의 투쟁이 아직 부족한가 봅니다
삶과 인간과 역사와 생명을 사랑하는

우리들의 정성이 아직 부족한가 봅니다

민중이 역사에 바쳤던 투쟁을
고스란히 받쳐 들고 찬란히 떠오르는 아침 해여
우리들에게 오월 영령들처럼
목숨도 기꺼이 바칠
힘을 주소서
생명과 인간과 역사를 사랑하며
핏빛 멍울을 삼키며 살아있는
우리들에게
들불처럼 일어나 못된 것들을 응징할
용기와 지혜와 단결로 맹렬히 싸워
우리들의 성전이 정의의 불회오리로
불의의 화근 악마의 얼굴
미국놈을 깨끗이 물리칠
불기둥 같은 역사의 힘을 주소서

윤썩열을 심판하라

돈이 있어야 살아갈 수 있는
살얼음판 자본주의 사회에서
바위산 폭파하듯
청년들의 꿈조차 폭파한 국힘당무리들
청년들이 군대에 가서
같은 민족을 적으로 삼도록
민족혼을 짓이긴 군홧발 세뇌로
영혼이 가시철망에 찢겨진 혼돈으로
얼차려 당하고 와도
다시 일어서는 청년의 맥박이라
생존의 문지방을 넘어서려는
안간힘을 쓰는 너의 목줄을 내리누르는 힘
70년 동안 권력을 독재로 지배하고 부정부패로
지들의 배때지만 처 불려온 국힘당무리들
속이는 술수에만 도가 튼 국힘당은
선거 때만 되면
나라의 기둥 청년들을 잡아먹겠다고
거짓을 그럴싸하게 뇌까리며
한 표 달라 아가리를 처 벌리고 있구나
뻔뻔한 거짓의 사기꾼 아가리에
똥물을 퍼부어라 청년들이여
청년의 높뛰는 맥박은

거짓에 굴하지 않는 것
어머니 아버지의 좌절의 역사를 바로 세우고
청년을 비정규직 굴욕으로 불안의 알바로
내 몰은 실체
국힘당의 손모가지를 당당한
한 표로 꺾어버려라
팔려갈 수 없는 팔려가서는 안 되는
주체를 꼿꼿이 세운 청년의 기개는
나라를 바로 세우고 민족을 살리는
결정적인 힘의 저수지
거짓의 오물로 뒤덮힌 국힘당을
삿된 윤썩열을
심판하라
민족의 운명이 우리의 운명이
젊음의 맥박 높뛰고
불의에 매이지 않으려는
청년의 진실에 달려있다
정의의 세상 활짝 열어라

이재명과 정권교체

이재명이 문재인의 기조를 이어간다면
민심은 떠난다

민족의 중차대한 통일문제만 봐도
문재인은 자신이 약속한 통일언약들을
모두 파탄 내며
민심을 배반했다

민족의 등에 칼을 꽂는
한미연합전쟁연습 계속하며
문재인은 민족의 목을 조르고 있다
얼마나 만만히 보였으면
미제는 한미국방워킹그룹 또 다른
족쇄를 들고 나오지 않는가

미제의 끄나풀로 민중의 피를 빨아 마셨던
국힘당이 피 묻은 입을 닦으며
정권교체라고 악을 쓰지 않는가

이재명은 문재인정권의 실정을
거울 들여다보듯이 보고
성난 민심을 잡아야 한다

민중의 이익을 대변한 양경수 민주노총위원장을
잡아가며 민심에 불 지르고
톨게이트 노동조합 탄압 이강래를
민주당 국회의원 후보로 내세워
민심에 불 지르고

미제와 가짜뉴스 조중동 패거리 국힘당
좋으라고
손 놓고 있는 문재인
따라간다면
갈 곳 없는 민심은 어디로 가나

통일문제 노동문제 2030세대문제
이재명은 정권교체 한다는
혁명적 태도로 임해야 한다
그래야 민심을 잡을 수 있다

결국 국힘당으로 정권교체 해주려는
꼴이 되어버린
문재인을 따라가서는
결코 민심을 잡을 수 없다

이재명은
혁명적 공약을 내놓으라

자영업자의 따스한 깃털

코로나로 슬픔 가득 머금은 가로등 사이로
하얀 새 파득파득 날개쭉지에
생명 끊은 호프집 주인 넋이 배어
탁한 서울 공기 가르며
날아 오른다

자신이 살던 원룸 빼어
직원들에게 월급주고
남에게 해 끼치는 일은
손톱만큼도 하지 않은
그저 서로 정 나누며 사는 게 다였던
고결한 삶이
파탄 난 세상 그러잡고
삶의 꿈 포기한 안타까운 영혼

99%의 부를 1%가 차지해서
간당간당한 민중의 삶은
코로나 정국에 더 악화되면서
고르고 고른 너른 바다의 평등의 꿈 빼앗겨
쪼들리는 절망의 나락에서
파드득 파드득 안간힘 써도
내일을 수놓기에는 너무도 지친

한 오라기 수증기 물방울 안개 속으로
빠져드는 삶
팍팍한 세상의 메마름에
'탁' 삶의 끈을 놓고 싶은 절망의 유혹

가진 자는 결코 알 수 없는
경제적 빈곤의 나락을 헤매는
가난한 이들의 오갈 데 없는 몸
빚에 쪼들리며 버티다 못해
정든 직원 내보내야 하는
아픔 설움 괴로움으로
범벅이 되어
자영업자와 그만두는 직원
서로 부둥켜안고 펑펑 운다
우리들의 소박한 사랑
냉혹한 코로나 현실이
가로막는 전쟁터

외국자본과 재벌이 국민이 생산한 부를
다 가져가고
피 같은 세금으로 미국무기 280조원이나 사들이고
착취의 한통속은 코로나 정국 속에
더 아프게 민중의 삶을 짓밟는다

가여운 새 한 마리
이 불평등의 세상에 비수를 꽂고

날아오른다
꿈의 평등세상 찾아
먼 길을 떠나간다

지구의 만찬

대한민국 바깥을 보라
세계는 지금 거짓이 발붙이지 못할
시대가 왔다
얼마나 지난한 싸움이었던가
이제 한 획을 확실히 그을
심판의 때가 왔다
태평양은 유유히 악마 미제를 버렸다

전쟁과 달러로 세계를 지배해 왔지만
달러는 이제 휴지조각이 될 것이다
지금 세계 전쟁터는 미국 본토다
미국 전역이 검붉은 화마로 불타올라 불바다는
잿더미로 폭삭 흔적도 없이 사라질 것이다
극초음속미사일도 못 만드는
너희 고물 핵무기로는 이제 어림도 없다
너희의 숨통이 초를 다투고 있다는 것을
미국 너희가 잘 알 것이다
잽싼 항복만이 너희가 살길이다

미제 너의 부를 위해서
숱한 무고한 나라들을 괴롭히고 침략했지만
너희는 패배의 연속이었다

미국 본토가 불바다가 되는 것은
역사의 필연적 정의다
정의의 힘이 태평양에 올라탔다
어물어물 하다가는 다 날아간다
이제 너희 꼼수는 절대 안 통 한다
미국 백성을 살리겠거든
지금 당장 항복하라

지붕 없는 집

뚜껑이 열려 황소바람 휭휭
바깥바람도 무디어진 이골

검은 하늘에서 세찬 비가 쏟아져
방안의 물을 퍼내면서 패인 얼굴

나라의 지붕 지으려고 뚝딱거린 사람들이
골로가고
그 행렬 따라 일어선 사람들이
나라의 지붕 힘을 합쳐 짓자고
돌리는 사발통문

통일은 나라의 지붕을 짓는 일
분단은 지붕 없는 집에서 사는 거

물 먹은 솜뭉치로 꼬꾸라져 자고
아침에 일어나면 성한 데가 없고

매일 두들겨 맞으면서
맷집으로 버티는 사람들

박차고 일어나 하루 이틀 삼일이면
나라의 지붕을 올릴 수 있지

청년에게 가는 길

바람결 따라 흔들리며 춤추는
푸른 나무들의 해방춤에는
청년의 아픔이 실려 있다

곧 탈선할 화물차 짐짝 칸에서
상자에 갇힌 절망의 청년 고독이
어디로 실려 가는지 모르고 흘리는
두 볼을 적시는 눈물춤사위는
어딘지 모르지만
분노의 화살을 쏜다
그 과녁이 누구냐

지하철 매대에서 파는
900원짜리 먹고 싶은 단팥빵을
청년과 술 한 잔 나누기 위해 아끼며
스쳐 지나칠 때
마음이 해방춤으로 출렁인다

우리라는 말을 잊어버린 청년에게
어미닭 병아리 품듯 진정으로
청년에게 가는 길이다
통일이라는 말을 잊어버린

청년을 만나러 가는 길이다

꼰대 같은 것 다 버리고
청년에게 청년으로
심장을 맞대고 열정을 다하여
용산에 또아리 틀은
청년들을 짐짝으로 끌고가는
용산 이무기를
청년과 함께 과녁을 맞추고
우리라는 활시위로
용산 이무기를 죽이는 일이다

통일이라는 활시위로
용산 이무기 조종하는
전쟁범죄자 미국놈 맞추어
확인사살 하는 일이다

쿼드 가입하면 전쟁난다

우크라이나 젤렌스키
나토 가입하려다
작살난 꼴을 봐라

쿼드 가입한다고?
세계정세도 모르고 깝치는
무식의 극치 머저리
폭파 당하는 운명
한치 앞도 모르는 무모함

섶을 지고 불 속에 들어가려는
전쟁광 미치광이
네가 믿는 미제는
이미 끝장이 났다

알고나 기어라

태양의 빛 통일의 빛

삼천리 고루 비추는 태양의 빛 통일의 빛
남녘 북녘 곡식들이
통일 꿈으로 다문다문 무르익어 가고
풀을 뽑는 농부의 손가락은
등땀 흘리며 분단가시
맵짜게 뽑아내고

전자제품 납땜하는 노동자는
남과 북을 잇는다는 일념으로
와이어 이어 붙이며
하루 11시간 노동으로 시큰한 손목
해방될 날 앞당겨야 한다고
마음을 바리바리 갈고

대리기사 아저씨는
핸들을 통일을 향해 부여잡고
불안정한 쥐꼬리만한 수입
허덕이는 생활비
생활임금 쟁취는
통일 밖에 없다고
손님과 말 섞으며 달리고

4.19때부터 지금까지
통일양심으로 투쟁해 오신
민족사랑방 출판사 김승균대표는
통일을 하자면 북을 제대로 알아야 한다고
김일성회고록 '세기와 더불어'를 펴내고
대법원에서 판매해도 된다는
확정판결을 받았음에도
압수수색 당하는 고초 겪으며
통일의 문고리 힘차게 당겼구나

국가보안법 딱지를 우리 등에 붙이고
진실의 말 한마디도 못하게
남녘의 입을 틀어막는
국가보안법 없애고 해방되자

푸른 들을 보라
푸른 바다를 보라
푸른 하늘을 보라
이 땅에 통일 아닌 것이 어디 있더냐
눈물 흘린 생활 속 멍든 응어리 풀어낼
자유로운 삶은 통일 밖에 없다

통일을 하자
조국통일 하자

우리민족 학살하고 탄압하고

우리의 이익 갈취해간
분단의 독초 가득히 뜬 섬
평택미군기지 미군들
야멸차게 몰아내고
우리세상 통일세상
우리 힘으로 이루자

우리민족이 힘을 합치면
못할 일이 어디 있겠나
내가 우리가 되고 우리가 팔천만이 되고
펄펄 끓는 통일의 용광로에
분단의 가시철망 스르르 녹여
태양의 빛 통일의 빛 너울너울
삼천리에 찬란히 가득하면

해방이 오구나
통일세상 해방이 오구나
북녘 남녘 힘을 합친
미국놈 몰아내는
덩더쿵 더덩실 민족의 해방이 오구나

통일나라 건설

바람 세찬 언덕빼기 소나무
77년 미제의 식민지 등살에
빼곡히 박힌 총알은
조선일보 동아일보 중앙일보
기형으로 삐뚤어진 거짓활자로
윤석열 비리 감추고
윤석열 비행기 띄우는
워싱턴에서 날아온 거짓문자
썩은 생선토막 기사로
사람을 속이며 간을 빼먹는다
속은 바보상자는
이리 삐뚤 저리 삐뚤
술 취한 사람 걸음걸이로
누구를 찍었나

77년 식민지 세월에
온전한 사람 얼마던가
이기심에 물씬 젖은 사람들이
거리를 활보하고
도시는 회색 잿빛 너머로
도가니 속에 갇혀
삶의 메마른 언덕을 할퀴고

힘없이 갈대로 누워 서걱이며
바람 부는 대로 몸을 맡기는
썩은 제국주의 창끝에 찔린
자본주의 옆구리에서
비인간의 창자가 흘러나와서
거리를 가득 메웠다

쉬임없이 쓸어대는 청소부의
힘줄 돋은 손등에서
노동의 붉은 꽃이 핀다
자본주의를 쓸어대는 세찬 빗질로
억센 새 형의 인간이
새 세상을 만드는 자궁속에서
뚝딱 뚝딱 망치를 두드리며
태어난다
탈취 당하지 않는 무쇠 같은 노동으로
미제국주의를 물리칠
튼튼한 집을 짓는다

한미국방워킹그룹

미제가 한미국방워킹그룹 하자고
쳐들어 왔다

한국은 미국의 식민지야
시키는 대로 말 들어
안 들으면 죽어
위협하러 왔다

미국신세 동아시아만 남았어
대만 일본 한국 한국이 중요해
아주 결정적이야
미국이 다시 일어서는데 도와줘
자본주의 제국주의를 살려줘야 하잖아
구걸하러 왔다

흡수통일해야 하잖아
계속 미국의 북비핵화를 밀어줬잖아
참수작전도 하고
이 이상 충성이 어디 있어 안다고
미국은 국힘당 보다 민주당이 잡는 걸
원하고 있어 그러니 말 들어
한미국방워킹그룹만 잘하면 돼

미국의 국방력이
바로 한국의 국방력이잖아
형님 아우가 어디 있어 동지잖아
미국은 한국에게 베푸는 게 더 많다고
사기 치러 왔다

계속 미제의 식민지로 있을꺼냐
민족을 파탄내고 미국을 지키려는
한미국방워킹그룹
미제가 워커 신은 채로
청와대 안방을 침입해 쿵쾅대도
눈만 멀뚱멀뚱
도둑에게 침탈을 당하고도
아이구 미국형님 형님 할꺼냐

국민의 자존감을
가랑잎에 날려 보내는
한미국방워킹그룹은
미제의 사타구니로
기어들어가는 것이다

꺼져가는 미제놈의 불씨를
민족을 깡그리 팔아
살려내려는 비겁성
매국노의 짓거리 한미국방워킹그룹은
나라를 통째로 팔아먹는

굴종의 짓거리다
미제 주인에게 살살대는
똥개가 되는 것이다
한미국방워킹그룹 때려치우라

그이가 불쌍하다

살얼음 냇가 이른 봄을 피워낸
복슬복슬 버들강아지
소년의 뺨을 감치고 들었지

머슴살이 아버지
고아였던 어머니
일궈냈던 쬐그만 초가집
옹기종기 냉이 같은 다섯 형제

첫째가 떠났네
잘 사는 집 아이 보는 식모로
둘째가 떠났네
신나 냄새 중독되는 신발 만드는 작은 공장으로
셋째가 떠났네
평화시장 다락방 봉제공장 시다로

15시간 노동에 시달려도
돌아오는 건
퀭한 눈에 창백한 얼굴
마음속처럼 텅 빈 통장
밀리고 마는 단칸방 월세
명절날에 시골집도 못 가는 설움

공순이 공돌이로 기도 펴지 못했는데
투쟁이 있었네
가난해도 봄 나무 물오르듯
생기가 돌았네
운명을 바꾸겠다고 투쟁을 했네

쏘련이 무너졌네
동구권이 해체됐네
활동가들이 투쟁의 맛만 보여주고
철새처럼 떠났네
탄압에 내몰려
빈 공장 메꾸기 힘겨워
노동자들도 빈 보따리 들고 떠났네

가봐야 한들 어디랴
짠밥 먹은 공장 떠나 길 잃은 기러기
방황의 삶 살면서
투쟁했던 노동해방의 순간을
삶의 심지로 그리워하며
외롭게 살고 있는 응달에서
선거 때 한 표 찍는 일 밖에 못하고
무기력이 산처럼 쌓였네
억울함이 강처럼 흐르네

범의 포효

좌절을 모르는 범의 포효가 되자
새소리처럼 애틋하게
민중의 가슴 속으로 파고드는
한 마디 희망이 살갑게 오가는
생명의 말이 되자
범의 포효는 그리 시작 되었으니

바람 분다고 눕지 말자
막걸리 잔에 이리저리 쓰러지며
처박히지 말자
세상은 우여곡절을 겪으며
계속 앞으로 전진 하는 것
우리는 항일무장투쟁 전사의
굴함 없이 승리로 전진해 왔던
고귀한 역사로 살아
지금 바로 나의 발걸음이 되어야 하니

좌절은 자본주의 시장의
팔리지 않는 옷 같은 것
고통에 일그러져 손 놓은 것도
주저앉은 좀생이 같은 사치이니

우리의 존재가 밑바닥을 쳐도
튕겨 오르는 용수철로
좌절의 옷일랑 훌렁 벗어 던지고
희망의 새 옷을 갈아입고
날선 투쟁의 낫과 망치 도끼를 번쩍 들고
인간의 위대성의 깃발을 높이 휘날리며
범의 포효로 세상을 갈아치우자

분단의 남녘

분단은 막음 입니다
입막음 귀막음 코막음 눈막음
죽지 않은 사람을
꽝꽝 관속에 처넣은 것입니다

아기새가 껍질을 깨고 나오듯
미국이 못질한 관을
깨부숴야 합니다
도와줘야 합니다

다행이
미국이 관속에 못 처넣은 사람이 있습니다
생사람이 생사람을
구출해야 합니다
분단의 관을 깨부숴야 합니다

따스한 봄햇살을
같이 쬐어야 하고
하루 한 끼 밥이라도
정말 맛있게 먹고
같이 살아갈 수 있어야 합니다
반찬이 좀 없으면 어떻습니까

윤석열 방일 방미

제 명이 다한 줄 모르고
국민의 피땀 쥐어짠 참기름 병 들고
히죽 히죽 기시다, 바이든에
병신같이 파멸의 춤 추구나
어차피 같이 몰락할 것들
저리 몰락의 박자 맞을 수가
윤석열 기시다 바이든
몰락의 삼박자
죽음을 재촉하는 악의 소나타
제 무덤을 파는 미치광이 춤에
제국의 역사가 종말을 고하고 있는 것을
세계인이 지켜보고 있다
새로운 세계는 이미 동터오고 있는 것을
태양이 솟으면 쫓겨 갈 귀신들
너희의 무덤이 아가리를 벌리고 있구나
무덤 속에 누워서도 착취를 꿈꿀
정말 못 말릴 악의 삼총사여
세계인민은 머저리가 아니다
악의 게임은 끝났다

조폭 두목과 국힘당 무리들

먹고 살기 힘들어 죽겠다
민심이 활활 불타니
평창 산들도 불이나 이글이글 3월18일
김진태 강원도지사 골프치고 술 마시고
억불이 난다 민심이 활활
전 국민이 산불로 탄다

산도 천불이나 불타고
홍천 원주 산불 끄느라고
산불지킴이들 발바닥이 불타는 3월31일
김진태 또 골프치고 술 마시고

미국 경제체인에 엮인 식민경제
미제 금리 오르니
활화산처럼 활활 대폭 오른 우리 금리
월급 몽땅 이자로 날리고
국민은 울며불며 대성통곡 하는데
부산 해운대구 횟집 앞
조폭 국힘당 두목 윤석열
아랑곳없다는 듯
술 취해 거나한 폼
우리가 낸 세금으로 저 꼴

국민들 마음에 산불이 난다

국민들 가슴에 불 지르는 저 것들
나라를 활활 태우는 저 것들
이 와중에 일본군인들
오산까지 기어들어왔다는 소문
독도 뿐 아니라
온 나라를 일제에게 섬겨 바치려는 저 것들
백성의 마음 시꺼먼 숯덩이로 태우는 저 것들
활활 화형 당하리라

주 69시간 노동시간

윤석열아
공장에 가서 1년 동안
주 69시간 일해 봐라
시체로 들것에 실려 나올 걸

장시간 노동으로
노동자 죽이려는 살인마
너나 그렇게 일하다 죽어라

잠자는 시간 5시간 밖에 안 되니
술고래 석열이 3시간 술 마실 거고
하루 2시간만 자고 그렇게 일해 봐라
술나발 같은 소리도 못하고
실려 나올 걸

노동자를 일하다 죽는
죽음의 계곡으로 밀어 넣지 말고
빨리 내려와라

오지의 오각별

백두산에서 비롯된 산맥들의 내달음이
6월 한창 초록 메아리 높이 솟구치는
정선 덕산기 계곡에서
세상 사악한 기운들을 잡아내어 소멸시키는
'사귀 착수 굿' 넋전아리랑 춤판이 벌어졌다

몽글몽글 사람꽃들이 피어나서
악귀를 불에 태워 죽이고 난 후련함에
밤길 어두운 줄 모르고
하얀 이야기 밭으로 돌길을 지나
강기희 유진아 부부작가 애정이 소롯이 배인
숲속 책방에서
정선 여량 아우라지 막걸리 한잔
우리민족 괴롭힌 사악한 외래종 악귀를 죽인
달 뜬 하늘을 마셨다

통일이 되어 평화로운 조선반도
비단결 같은 우리네 땅
조상의 피땀 어린 손길이 배인 땅
민족의 사랑으로 이어 딸아져 내린
생명을 주는 귀한 땅

하늘에서 무수히 반짝이던 붉은 오각별이
우리 이마에 하나하나 박혀
흥이 겨운 환호의 노래소리
계곡을 따라 멀리 흐른다

우리들의 염원이 하늘에 별이 되어 오르고
통일은 한달음에 오는 것
일제 미제시대 100년이 넘은 식민의 한
하루아침에 가시고
사람 귀히 여기는
지지 않는 사람꽃으로 피어나
당당한 주인으로 일떠서
신성한 노동 창조의 꽃은
새 세기를 열어젖히리라

하늘에서 천마를 타고 오시는
백두 초인 광음의 말발굽소리
산 능선 고운 길 따라 울려 퍼져
천지를 진동시키고
만물을 흔들어 깨워
나라를 평정하리라
세상을 구원하리라

동백꽃 곁으로

당신으로 다가가는 한걸음
동백꽃 붉은 심장입니다
아직도 당신의 진실을 다 말하지 못하는 세상
핏빛 죽음의 외침을 갈매기도 알아듣고
끼룩 피울음 여수 오동도 앞바다에 뿌리고
파도도 철석 사람세상 왜 그리 더디 가냐고
억장이 무너지는 파도소리
우리를 때리고

선연한 붉은 피 맺힌 꽃잎 안에
노란 평화를 품은 꽃수술
온전한 역사가 되지 못한 당신의 붉은 절규
눈 속에 눈부시게 피어난 당신은
역사의 초롱 밝혀 지샌 몸

고난도 에돌아가지 않고 당신 받들어
고운 생명 보듬어
수천만 동백꽃떨기 피워낸
역사의 외줄기 심지를 태우며
한발 한발 당신을 심으며
당신이 외롭지 않게
당신 곁으로 가겠습니다

해원 넋전

피 엉킨 수 만 명의 억울한 죽음

불 켜진 문 앞에서 하얀 뼈마디 기다림
밤새우다 돌아가신 댓돌 위에는
흰 서리 기다림 흔적 서늘히 찍히고

삼베적삼 아낙네 이마 타고 흘러내리는
여순의 사념에 젖은 한이 송글송글
감자밭 풀매는 호미 끝으로
여순을 맨다

생매장 당한 그이의 목숨
아무 일 없는 듯 환한 시골내미 정적
더 환장할 듯한 속더미

그렇게 무정하게 흐른 74년 세월뭉치가 억울해
산 사람도 죽은 사람으로 숨죽이며 살았던
이대로 역사에 묻힌다면
억장이 무너지는

당신의 원한을 풀어주지 못한 아낙은
무덤 속 세월을 파먹으며 살았소

돌덩이 같은 핏덩이가 이내 가슴 메워
억울한 세월 명치끝에서 내려가지 않았소

우리 서방 한 서리 맺힌 죽음 살려 주오
이내 목숨 다 살아
흰머리 할매 핏망울 소원 들어주오

흰 서리 이고 소금꽃 되어 애타게 기다린
원한을 풀어주오

저승 간 우리 할베 돌부처 되어
날 눈으로 기다리는 여순의 진실 밝혀주오

하얀 찔레꽃 기다림의 끝을 건너
우리 서방 살리는 훨훨 해원이고 싶소

억울한 수만의 죽음
갇힌 역사에서 풀어주오

잔혹했던 죽음 초롱초롱 밝혀주오
죽어서도 죽지 못하는 원한의 소리 들어주오

다시는 우리 같은 억울한 사람이 없게
역사에서 살려주오

펄펄 해방의 날개옷 입고
통일된 평화세상에서 함께 살고 싶소

화해의 강물

섬섬옥수 삼천리를 삼키려는
괴물이 있었다
세계역사의 소용돌이에서
힘이 없어 당한 민족의 고통
깜깜한 역사의 밤이끼 타고
우리끼리 총질을 한 서럽고 아픈 역사

소녀의 가느다란 손가락이 떨려
물동이 이다가 깨뜨려버린
물동이 조각을 같이 줍는
정이 넘치는 이웃아낙 아닌가

졸졸 흐르는 시냇가에서
누렁소 꼴 먹이고
같이 벤 꼴단을 서로 나눠가지고
버들피리 불며 집으로 가던
불알친구 아닌가

책상머리 짝꿍처럼
삶은 옥수수 같이 나눠먹으며
도란도란 흐르던 동네 이야기

여순의 통탄이 무덤까지 갔어도
항쟁자들을 일본도로 시참을 해서 죽인
김종원이 같은 악질 놈을 빼고는
우리 모두 삼천리에 피는
같은 진달래꽃무리 아닌가

펄펄 끓는 가마솥에 피 묻은 옷 같이 넣고 빨아
10월 결실의 볕에 보송보송 말려 입고
통일옷자락으로 하나 되어 평화를 만드세

화해의 푸른 강물에 서로의 상처 씻겨줄 때
생명 넘치는 여순은 하나
고난으로 찢긴 상처의 생살
여순항쟁의 정신은 통일이라네

강기희작가 동지를 보내며

-강기희작가 영전에 부쳐

덕산기골 깊은 품에 안긴
물봉선화가 다시 못 올 님을 그리며
하염없이 눈물 흘립니다

조국과 인간, 정선과 예술을 지극히 사랑하면서
한 자 한 자 쪼아박았던 당신의
땀방울 배인 예술적 실천의 글귀들
당신은 시대를 앞서 열어나간
고귀한 예술적 실천인이었음을
우리는 자랑스럽게 선언합니다

정선의 하늘가 시커먼 아리랑먹구름떼가 몰려옵니다
하늘도 슬퍼서
인간의 진실한 승리를 향해 몸 바쳤던
당신의 죽음이 하도 슬퍼서
겨울동화 같은 당신의 꿈얘기를
산새도 쫑긋 귀 세워 들으며
인간은 참 귀한 존재라고 노래했지요

돌길을 따라 걸어들어간 오지의 숲속책방
반짝이는 보물의 책으로
이 세상을 다독거려 주었던

바로 우리들 희망의 속알맹이

통일이 되면 동지이며 부인이신
유진아작가와 함께
북녘 산골에 숲속책방을 하고 싶다던
소박하고 진솔한 꿈 하나
덕산기 솔가지에 걸어두고 가시는 마음

콩 한쪽이었고 꿈을 같이 이룰 동지였던
유진아작가를 두고 떠나는 발길
죽음이란 것이 이리도 냉혹한 것인지
우리가 모두 사랑하는 강기희작가를 보내며
우리는 더욱 깊은 사랑을 하겠습니다
유진아작가를 사랑하겠습니다

인간을 사랑하는 마음 솟구치는 샘물되어
인간을 괴롭히는 것들에 대한 투쟁
덕산기 계곡의 돌덩이로 단단히 뭉쳐
꼭 승리 하겠습니다

세계평화와 민족의통일 당신의 꿈을
꼭 이루고야 말 것을
우리는 맹세합니다

이 세상을 예술적 마당으로 생산하며
참신하게 살다 가시는

강기희 민족작가연합 상임대표님
저희들이 예술적 모범을 보이겠습니다
당신이 못다 이룬 꿈을 이어가겠습니다

당신을 맞이하는 통일문이 활짝 열렸습니다
밤하늘에 붉은 오각별이 떴어요
편히 웃으며 영광스럽게 가셔요

-2023.8.2.

박금란 시집

푸른 강을 같이 건너

초판인쇄 2023년 08월 18일 **초판발행** 2023년 08월 25일

지은이 **박금란**
펴낸이 **이혜숙** 펴낸곳 **신세림출판사**
등록일 1991년 12월 24일 제2-1298호

04559 서울특별시 중구 퇴계로49길 14,
충무로엘크루메트로시티2차 1동 720호
전화 02-2264-1972 팩스 02-2264-1973
E-mail : shinselim72@hanmail.net
shinselim@naver.com

정가 10,000원

ISBN 978-89-5800-265-9, 03810